OLORON

ET

LA LUMIÈRE ÉLECTRIQUE

PAR LE DOCTEUR E. C.

OLORON

IMPRIMERIE M^{cc} MARQUE, 52, RUE JUSTICE.

OLORON

ET

LA LUMIÈRE ÉLECTRIQUE

Par le Docteur E. C.

OLORON — IMP. MARQUE.

OLORON

ET

LA LUMIÈRE ÉLECTRIQUE

Par le Dr E. C.

La ville d'Oloron-Ste-Marie doit être reliée à la ligne du chemin de fer du Midi, de Toulouse à Bayonne, et à Eaux-Bonnes par un embranchement en construction, qui sera exploité dans quelques mois, et très probablement à l'Espagne, par une ligne internationale dont les travaux de construction seront mis en adjudication à la fin de juillet, sur le territoire espagnol, depuis Huesca jusqu'à Canfranc.

Oloron, ville importante déjà par son industrie et son commerce, est appelée, dans un avenir plus ou moins rapproché, à prendre un grand développement soit en raison de la facilité de ses relations avec les centres de production français et étrangers, et particulièrement avec l'Espagne, soit à cause de sa situation topographique.

Oloron, en effet, se trouve placé au confluent des deux gaves d'Ossau et d'Aspe, rivières torrentueuses et abondantes qui mettent à sa disposition une force hydraulique énorme, qu'elle pourra utiliser pour créer toute sorte d'industries nouvelles, quelle que soit la puissance motrice exigée.

De plus elle se trouve sous un climat privilégié; et il est certain que le jour où ses chemins de fer seront construits, non seulement son commerce et ses industries seront plus prospères, mais elle pourra devenir encore une station hivernale de premier ordre.

Olcron, vieille ville de Béarn, a un passé brillant qui répond de son avenir. Elle est en retard parce que jusqu'ici elle s'est trouvée tout-à-fait en dehors de l'influence progressive que les voies ferrées exercent sur les pays qu'elles traversent. Elle a toujours senti le besoin d'avancer; plus que jamais, elle est aujourd'hui travaillée par un ardent désir de se placer au niveau de ses rivales et, dans ce but, elle veut, elle doit profiter de tous les avantages que peut lui donner sa situation exceptionnellement heureuse.

Bientôt elle aura son alimentation hydraulique, dont la maison

Hermann et Fortin de Paris est appelée à la doter; elle sera aussi éclairée au gaz.... ou à l'électricité.

Dernièrement son conseil a fait appel aux constructeurs d'usines et appareils à gaz. Parmi ceux-ci, M. Eichelbrenner qui a proposé les meilleures conditions a été chargé de l'établissement de l'usine. Mais M. Eichelbrenner, devenu adjudicataire, s'est trouvé dans l'impossibilité de tenir ses engagements; la ville se voit de son côté dans la nécessité de se dégager par voie judiciaire et le traité conclu avec M. Eichelbrenner peut être considéré dès aujourd'hui comme annulé.

Ce contre-temps doit, je crois, être considéré comme un bonheur pour Oloron. Je suis convaincu, en effet, que l'éclairage électrique ne tardera pas à être établi à des conditions autrement avantageuses que le gaz comme économie et comme pouvoir éclairant, surtout dans les localités ayant à leur disposition, et à bon marché, des forces motrices nombreuses et puissantes.

Je me propose de faire connaître aux lecteurs du *Glaneur* la lumière électrique.

Je voudrais pouvoir leur exposer aussi pour rendre cette étude plus complète, les expériences qui, depuis Galvani jusqu'à nos électriciens modernes, ont marqué les diverses étapes que nos savants ont suivies; je voudrais leur montrer l'électricité, ce merveilleux agent si connu dans ses effets et si peu compris dans son essence, transmettant la pensée à travers les continents et les mers, reproduisant avec fidélité au gré de l'opérateur et à de grandes distances la parole articulée ou les sons musicaux; décrire ses propriétés calorifiques, utilisées dans les mines, par l'art chirurgical et par la marine militaire; sa puissance comme force motrice, ses effets physiologiques et chimiques, les mystérieux phénomènes de décomposition des oxydes métalliques qui ont donné naissance à la galvanoplastie. Je sortirais du cadre plus restreint que je me suis imposé et, malgré tout le regret que j'éprouve, je me bornerai à étudier, en écartant le plus possible les formules exclusivement scientifiques, trop arides pour être agréables ou trop relevées pour être comprises de tous, l'éclairage électrique et les divers appareils employés pour le produire; j'espère pouvoir arriver à démontrer à vos lecteurs et à nos édiles que la ville d'Oloron doit profiter des résultats acquis aujourd'hui, ou savoir attendre encore, s'il le faut, les perfectionnements définitifs que nos ingénieurs électriciens poursuivent et atteindront, pour arriver d'emblée à l'éclairage électrique.

Quelques notions d'électricité dynamique sont absolument indispensables pour se rendre compte du fonctionnement des appareils producteurs de la lumière électrique.

Une expérience de Galvani, professeur d'anatomie à la faculté de Bologne, dont les résultats, quoique dus au hasard, ont rendu son nom célèbre, a fait découvrir l'électricité dynamique ou galvanisme, avec ses nombreuses applications. Tout le monde sait que Galvani ayant suspendu à son balcon *en fer*, au moyen de crochets *de cuivre*, les membres postérieurs d'une grenouille dont les nerfs lombaires avaient été isolés pour servir à une démonstration anatomique, fut bien étonné de voir cette partie de la grenouille disséquée, s'agiter convulsivement chaque fois que le vent amenait son contact avec le balcon. Galvani pensa d'abord qu'il avait à faire à une électricité inhérente à l'organisation animale, il crut avoir découvert le *fluide vital*, et les espérances les plus grandioses mais les plus chimériques furent la conséquence de cette théorie nouvelle.

Volta la combattit violemment et ne tarda pas à la renverser en démontrant que les contractions musculaires de la grenouille n'étaient pas autre chose que la conséquence de courants électriques, *force électro-motrice* se produisant toujours par *le contact de deux substances hétérogènes quelconques*. Si cette théorie du contact est à peu près abandonnée aujourd'hui, il n'en est pas moins vrai que Volta ne s'était pas trompé en plaçant au point de contact de deux substances hétérogènes le siége de la production de l'électricité.

Quoi qu'il en soit, la fin du dix-huitième siècle et le commencement du dix-neuvième avec Galvani et Volta en Italie, et Davy en Angleterre, donnèrent le signal de cet immense mouvement scientifique qui a produit les applications de l'électricité, si nombreuses et si variées, aux arts et à l'industrie et particulièrement à l'éclairage électrique qui est le sujet spécial de mon étude.

Sir Humphry Davy, professeur de chimie à l'institut royal de Londres, exposa dans un mémoire qui fut couronné en 1807 par l'académie impériale des sciences, malgré la guerre entre la France et l'Angleterre, sa théorie électro-chimique et l'application de la pile à la décomposition de l'eau et des oxydes métalliques qui lui permit de découvrir plusieurs métaux. Quelques années plus tard il faisait sa fameuse expérience de *l'arc voltaïque* que je veux décrire en quelques mots.

Si dans un vase rempli d'eau acidulée par l'acide sulfurique vous placez deux lames de même dimension, l'une de cuivre et l'autre de zinc, en évitant leur contact dans le liquide. Si, d'un autre côté, vous réunissez, en dehors de l'eau, les deux lames au moyen d'un fil de cuivre, vous formez une pile et vous établissez un circuit électrique; immédiatement en effet, une action chimique se produit dans le vase, entre le zinc, l'eau et l'acide; le zinc attaqué s'électrise négativement, l'eau positivement ainsi que le cuivre, qui, lui, n'est pas attaqué par l'acide et reste inactif; un courant s'établit, l'électricité positive se porte sur le fil de cuivre correspondant au cuivre ou *pôle positif*, et l'électricité négative à l'extrémité zinc ou *pôle négatif*.

Ceci posé, imaginez que les deux fils de cuivre, partant du pôle positif et du pôle négatif, aboutissent à deux tiges métalliques séparées l'une de l'autre par un support isolant (en verre) et portant chacune un fragment de charbon taillé en cône. Dès que les charbons sont mis en contact le circuit voltaïque s'établit; en les éloignant l'un de l'autre de quelques millimètres la lumière électrique jaillit avec une intensité qui est plus du tiers de la lumière solaire dont elle possède d'ailleurs toutes les propriétés.

Davy fit cette expérience avec une pile de 2,000 éléments semblables à celui que je viens de décrire. Les résultats furent concluants, la lumière électrique était découverte.

Supposons maintenant que les deux fils de cuivre ou *électrodes* de la pile, au lieu de se rendre aux deux charbons entre lesquels la lumière éclate, soient reliés l'un à l'autre au moyen d'un fil en platine d'un diamètre très petit.

Le circuit voltaïque s'établit aussitôt et un phénomène nouveau ne tarde pas à se manifester.

L'électricité en effet *s'accumule* sur le fil de platine, une grande élévation de température en est la conséquence immédiate, et l'on voit le fil rougir d'abord pour passer ensuite au rouge blanc et enfin se volatiliser en produisant une lumière éclatante comme celle de *l'arc voltaïque*.

C'est la lumière électrique par *incandescence*.

Cette double expérience qui devait être si féconde en résultats pratiques fut reprise avec passion par tous les physiciens de l'Europe.

Leurs travaux furent la source de découvertes importantes sur la constitution de l'arc voltaïque. L'énorme quantité de chaleur qu'il produit, ses divers effets physiques et chimiques furent étudiés avec fruit; toutes leurs belles expériences ne peuvent être décrites ici. Il nous suffira de savoir que l'arc voltaïque est formé, l'analyse spectrale le démontre, par des particules de charbon incandescentes qui *complètent* le circuit absolument comme le fil de platine dont il vient d'être question.

Aussi, les cônes de charbon s'émoussent (surtout le cône positif), leur écartement devient de plus en plus considérable, et à un moment donné il est tel que le courant voltaïque est intercepté et que l'arc lumineux s'éteint.

De même notre fil de platine volatilisé fournit une lumière aussi éblouissante que fugace en raison de son oxydation et de sa destruction rapide.

On eut alors l'idée toute naturelle de produire *dans le vide* l'arc voltaïque et l'incandescence, dans l'espoir d'éviter en opérant dans un milieu privé d'air, la combustion des charbons ou du platine ; divers mécanismes *régulateurs* furent inventés aussi pour rapprocher les deux cônes de charbon d'une quantité équivalente à leur usure, mais malgré toutes ces précautions, malgré les appareils plus ingénieux les uns que les autres qui furent imaginés, les efforts de nos savants n'amenèrent aucun résultat pratique et la lumière électrique ne fut guère, jusqu'à notre époque, en dehors de quelques applications scientifiques, comme la microscope de Foucault qu'une belle expérience de cabinet de physique.

D'ailleurs l'électricité produite par la pile de Davy, *pile à auges* ou par la pile de Volta, et, plus tard par les piles à deux liquides, dites à *courant constant,* de Daniell, de Grove et de Bunsen, n'avaient ni la puissance, ni la tension nécessaires pour produire des effets lumineux intenses et durables. De plus l'entretien des piles serait trop coûteux.

Il était réservé aux électriciens de notre époque de savoir mettre à profit les belles recherches des Œrsted, des Arago, des Ampère, des Faraday et de découvrir enfin les machines dynamo-électriques qui rendent en électricité ce qu'elles dépensent en travail mécanique, générateurs d'électricité puissants et économiques dont l'application à l'éclairage des ateliers et des villes n'offre plus aujourd'hui ni difficulté ni aléa.

Nous verrons prochainement comment ce merveilleux résultat a pu être atteint.

Je vais aborder maintenant un autre ordre de phénomènes plus complexes et qui se rattachent d'une manière intime à ceux qui ont été déjà décrits. Je dois définir et chercher à faire bien comprendre *l'électro-magnétisme* dont les effets ont amené nos électriciens modernes à construire les machines magnéto. et dynamo-électriques.

Et d'abord, on donne le nom d'aimant à un barreau d'acier dur qui a la propriété d'attirer le fer; propriété qui lui est communiquée par divers *procédés d'aimantation* qu'il serait trop long et inutile d'exposer ici. C'est l'aimant *permanent*. L'aiguille d'une boussole est un aimant dont l'une des extrémités ou *pôle* se dirige toujours vers le même point de l'horizon, vers le Nord. Si on approche un barreau aimanté de cette aiguille, on ne tarde pas à s'apercevoir que l'un des bouts l'attire, que l'autre la repousse et que la partie moyenne est sans influence, d'où l'on a conclu que les aimants ont deux *pôles* et une *ligne neutre*. On a reconnu aussi que les pôles de nom contraire s'attirent et que les pôles de même nom se repoussent. Quand on étudie l'action des courants sur les aimants et réciproquement, on ne tarde pas à être convaincu que les aimants doivent être considérés (théorie d'Ampère) comme étant traversés par des courants voltaïques parallèles et de même sens dont la résultante est un courant unique auquel ils doivent toutes leurs propriétés.

On nomme électro-aimant un barreau de *fer doux* qui, sous l'influence d'un courant, s'aimante. ou se désaimante d'autant plus rapidement que le fer est plus pur. C'est l'aimant temporaire. On donne aux électro-aimants la forme d'un fer à cheval. Chaque branche est recouverte habituellement d'une bobine sur laquelle est enroulé, un grand nombre de fois, un fil de cuivre *recouvert* de soie *ou isolé*.

Et maintenant, si dans le voisinage d'un circuit à *l'état neutre,* on place un circuit qui donne passage à un courant, on observe que chaque déplacement de l'un ou de l'autre fait naître un courant dans le circuit neutre. Ce courant a reçu le nom de courant *induit* ou d'induction. Pour mieux fixer les idées, prenons une première bobine creuse sur laquelle s'enroule un fil de cuivre isolé dont les deux extrémités aboutissent à un instrument destiné à noter la production d'un courant et son intensité, appelé *galvanomètre;* introduisons dans cette bobine une seconde bobine également recouverte de fil isolé et en communication avec un couple voltaïque. Le courant de la seconde ou *courant inducteur,* développe immédiatement dans la première un autre courant *temporaire* courant *induit* et en *sens inverse* comme le galvanomètre l'indique. Si vous séparez les deux bobines, un courant se produit encore au moment de la séparation, en *sens inverse du premier.*

Remplaçons maintenant la bobine intérieure par un aimant et nous allons constater que si l'électricité produit le magnétisme (électro-aimant), le magnétisme, à son tour, produit l'électricité.

En effet au moment où l'on *introduit* dans la bobine et au moment où *l'on en retire* un aimant, le galvanomètre accuse la naissance d'un courant induit absolument comme dans la première expérience et sa force électro-motrice est d'autant plus intense que l'aimant a été introduit ou retiré *plus brusquement.*

Et encore, si on place dans l'intérieur de la bobine un barreau de fer doux et que le barreau se trouve placé dans le *champ magnétique* d'un *barreau d'acier aimanté,* ou sous l'influence d'une pile, il se produit un courant induit *inverse* du courant de l'aimant ou de la pile; si on éloigne le barreau aimanté, il se produit un induit direct.

J'ai cru devoir insister sur ces expériences parce que les machines magnéto-électriques sont basées sur la seconde et les machines dynamo-électriques sur la troisième. (1) Ajoutons que dans les premier et deuxième cas le courant induit est produit *directement* par la pile ou un aimant et que dans le troisième le barreau de fer doux, introduit dans la bobine, étant absolument inerte par lui-même, produit le courant induit *en s'aimantant d'une manière temporaire* par le passage d'un courant venant de la pile ou par le *voisinage* d'un aimant permanent. Dans ce cas on dit que la pile ou l'aimant sont les *excitateurs de l'induit.*

Avec ces quelques données, il nous sera facile de faire comprendre l'organisation et le fonctionnement des machines magnéto et dynamo-électriques, il nous sera facile de démontrer enfin que si ces générateurs d'électricité peuvent être considérés comme parfaits, il n'en est pas tout-à-fait de même des lampes diverses qui ont été inventées jusqu'ici et qui toutes dépensent une force considérable en présentant de plus, au point de vue pratique, c'est-à-dire *économique,* question très-importante surtout à Oloron, des inconvénients sérieux.

(1) Pour être exact il faut ajouter que les machines dynamo n'utilisent pas comme force inductrice l'aimant ou la pile, mais bien les courants très faibles qui se trouvent naturellement dans le fer doux et sont développés par une machine spéciale dite *excitatrice.*

Dans les théâtres de Paris et de nos grandes villes, dans nos stations thermales on ne regarde pas à la dépense toujours largement couverte, là par l'amateur de.... belle musique, ici par le touriste et le malade. Mais pour nous Oloronais qui, pour cause, ne pouvons poursuivre le progrès à tout prix, il faut du *bon à bon marché,* et nous l'aurons si nous savons attendre et profiter ainsi des expériences que d'autres font pour nous. On éclaire merveilleusement aujourd'hui un boulevard, une place, une salle de spectacle, on éclairera bientôt, j'en ai la conviction, avec la même facilité, une ville même à configuration réfractaire comme la nôtre.

Revenons à nos courants d'induction dont nous connaissons aujourd'hui l'origine, la marche et le développement et qui sont le principe sur lequel repose la construction des machines qui transforment le travail mécanique en électricité.

Nous savons que les machines magnéto-électriques sont basées sur la propriété que possède un aimant de développer dans un circuit neutre un double courant, inverse quand on l'introduit dans la bobine ou quand celle-ci se trouve placée dans son champ magnétique, direct quand on le retire ou quand on soustrait celle-ci à son influence. Voyons donc maintenant comment la machine est construite. Cette description est difficile à faire et à saisir sans figure de démonstration, je vais cependant essayer de me faire comprendre.

Figurez-vous deux aimants en fer à cheval *fixés* sur les deux circonférences d'une portion de cylindre (soit la forme d'un tambour de basque), parallèles entr'eux et placés de façon à ce que leurs *pôles de nom contraire* se regardent. Supposons qu'une bobine, formée par un barreau de fer doux recouvert d'un fil isolé (électro-aimant) passe rapidement entr'eux et examinons ce qui va se passer.

En s'approchant des pôles, l'électro-aimant s'aimantera et produira un courant pour se désaimanter en s'en éloignant et donner naissance à un autre courant en sens inverse du premier; si la bobine continue à avancer elle passe entre les deux pôles suivants et le même phénomène se reproduit, en sorte que ce couple d'aimants parallèles donne naissance à quatre courants induits dont le *premier* correspond comme direction au *quatrième* et le *second* au *troisième*, à cause du changement de polarité des aimants. Si au lieu de cette paire d'aimants il y en a huit disposées comme la première sur les deux circonférences de notre section de cylindre, et si, la bobine continue sa marche en décrivant sa surface, il est évident que chaque fois qu'elle passera entre deux aimants, quatre nouveaux courants naîtront. Et si, au lieu d'une bobine il y en a seize qui effectuent ensemble leur révolution, il est évident aussi qu'on obtiendra, pour chaque révolution seize fois quatre courants. Or, avons-nous dit, le premier et le quatrième courants étant de même sens, ainsi que le second et le troisième et se confondant avec les courants de même direction produits pendant la révolution entière des bobines, on finit par obtenir en définitive seize courants *alternatifs*. Eh bien, la machine magnéto-électrique de Nollet, inventée en 1850 et perfectionnée par Van Malderen, et qui sert depuis 1863 à l'éclairage des phares de la Hève et du cap Gris-Nez se compose de cinq couronnes de faisceaux aimantés entre lesquels peuvent tourner avec rapidité quatre plateaux de bronze fixés à l'axe de rotation et portant chacun une ceinture de seize bobines. Il est évident que ces quatre plateaux armés de bobines n'augmentent pas en réalité le nombre des courants puisque tous ceux qui se produisent et qui sont de même sens se confondent, mais s'ils ne s'ajoutent pas comme nombre, ils s'ajoutent comme intensité. Il est facile de calculer aussi que le courant, changeant de direction chaque fois qu'une bobine passe devant un aimant, on obtient seize inversions par *seconde* à raison de quatre cents tours à la minute des plateaux mobiles.

Ces courants *alternatifs* (qui n'en forment qu'un seul à cause de la rotation rapide des bobines), produits par les bobines reliées entr'elles, sont enfin recueillis au moyen de deux fils dont l'un aboutit à l'axe en fer de la machine et l'autre à une tige en acier qui se trouve dans l'intérieur et à l'autre extrémité de ce même axe, dont elle est séparée par un manchon isolant en ivoire. La machine Nollet n'exige que la force d'un demi-cheval vapeur pour produire au régulateur Serrin une lumière équivalente à deux cents carcels. Les machines de Gramme, de Holmes, de Meritens, reposent sur le même principe et produisent les mêmes effets avec plus ou moins d'intensité.

Les machines *dynamo-électriques*, généralement adoptées aujourd'hui, ne diffèrent des précédentes que par la suppression des aimants permanents, qui finissent par s'affaiblir, et qui sont remplacés par des électro-aimants dans lesquels le magnétisme est excité par une machine indépendante, *et en utilisant comme excitateur le magnétisme très faible que le fer doux, quelque pur qu'il soit,* ~~conserve toujours. Je ne chercherai pas~~

à exposer ce principe dit *du dynamo*, découvert en même temps par Siemens et Wheatstone et qui a permis de construire les nouvelles machines moins encombrantes et moins chères et qui rendent en électricité 90 °/₀ de leur dépense en travail.

Elles sont à courants continus ou alternatifs. Ces dernières sont généralement employées pour l'éclairage par arc voltaïque, parce que les charbons qui constituent diverses bougies brûlent ainsi également. Les plus connues sont celles de Gramme et de Siemens (1) à courants alternatifs.

Nous savons que la lumière électrique est produite par l'arc voltaïque ou par incandescence. Pour obtenir l'arc on emploie les régulateurs, dont les plus connus sont ceux de Foucault, Duboscq, Serrin-Suisse, Carré, Jaspar, Siemens, etc., ou les bougies électriques dont le type est la bougie Jablosckoff formée de deux *charbons parallèles* séparés par une substance isolante, dite colombin, susceptible de brûler en même temps qu'eux. Ces bougies sont de courte durée et donnent une lumière peu fixe et colorée. On est obligé quand l'éclairage doit durer plus d'une heure de lancer le courant, au moyen d'un commutateur placé à l'usine, ou au pied du candélabre, sur les bougies de rechange qui se trouvent dans l'appareil. Les bougies de Meritens, de Wilde, etc., diffèrent peu de la bougie Jablosckoff au moins comme principe.

Les lampes par incandescence les plus connues sont celles d'Edison, (2) de Maxim, de Lane-Fox. La lampe Edison est constituée par une tige de carton carbonisé par des procédés particuliers qui devient incandescente dans un œuf de verre dans lequel on a fait le vide pour empêcher la combustion du charbon. Les autres lampes par incandescence reposent sur le même principe. Je dois ajouter que beaucoup de sociétés se sont formées depuis quelques mois en France et à l'étranger pour étudier et chercher à résoudre au point de vue scientifique d'abord et industriel ensuite, la question de l'éclairage des villes par l'électricité, qui est aujourd'hui à l'ordre du jour. On a imaginé des générateurs nouveaux, de nouvelles bougies mais on n'a pas trouvé encore, que je sache, le moyen de diviser la lumière électrique sans perte de pouvoir éclairant ou sans perte d'argent. Ainsi

(1) La machine dynamo installée à Forbeigt pour les expériences d'éclairage électrique est celle de Siemens.

(2) Ces lampes doivent éclairer les salles de l'usine de Forbeigt.

quand on place plusieurs foyers sur un même circuit la somme de lumière qu'ils émettent est moindre que la lumière produite par un foyer éclairant seul, la différence est d'autant plus grande que le nombre de foyers augmente, de telle sorte, que, pour le moment du moins, plus il y a de lampes sur le même circuit, *moins il y a de lumière* ou *plus il y a de dépense*. Les lampes par incandescence semblent se prêter mieux que les autres à la division de la lumière mais elles exigent, à lumière égale, un courant quatre fois plus fort.

Edison, ce chercheur de génie qui nous a livré déjà tant de découvertes a trouvé le moyen, dit-on, de créer et de distribuer le courant électrique dans les maisons et de déterminer la dépense de chaque bec.

Une usine, une *fabrique d'électricité* serait construite dans chaque ville et la distribution se ferait au moyen de fils de dérivation embranchés sur le conducteur principal.

Cette question sera sans doute résolue avant l'ouverture de notre chemin de fer. Et, à ce propos, je me permettrai de faire remarquer que *probablement* la ligne d'Eaux-Bonnes sera mise en exploitation au commencement de la saison thermale de 1883; *l'embranchement* d'Oloron, sera livré Dieu sait quand !....

On comprend que sous l'empire, de hautes personnalités aient pu, pour satisfaire un intérêt personnel, faire dévier la ligne de Toulouse à Bayonne de sa direction naturelle qui était la ligne passant au centre du département, on ne comprend plus aujourd'hui cet oubli d'Oloron, si immérité, on ne comprend pas que l'Etat puisse négliger à ce point nos intérêts. Il faut que le Conseil municipal et que la population protestent énergiquement, et, grâce à l'intervention active de nos représentants, dont nous connaissons d'ailleurs le zèle et les bonnes intentions, nous finirons par obtenir *peut-être* que justice se fasse.

O vieilles et sacrées guimbardes, requinquez-vous, l'horizon est gros de beaux jours pour vous !.... Qui vivra verra... Quand la Chambre aura dévoré quelques milliers de ministères, quand nos honorables dans un train-foudre pourront s'en aller, l'hiver, entre deux séances, réchauffer en plein Sahara, les parties froides de leurs personnes, quand la navigation aérienne sera découverte, quand le Rhône ira cracher dans la Baltique, oh ! alors, ô mes chers compatriotes, vous aurez votre chemin de fer !!....Passons.

On voit d'après ce que nous avons déjà dit, que les générateurs d'électricité ont atteint un degré de développement tel que l'on ne peut guère s'attendre à trouver mieux. On découvrira peut-être un jour, et ce serait l'idéal, une pile capable de produire *à bon marché* un courant constant ayant l'*intensité*, la *tension* et la *résistance* nécessaires pour produire soit la lumière électrique, soit le mouvement direct, soit la transmission d'une force motrice, tous les effets en un mot que l'on peut obtenir avec les machines actuellement en usage. Que la pile Leclanché, par exemple, pût donner naissance à un courant aussi puissant qu'il est durable et le problème serait résolu.

Nous n'en sommes pas encore là et les générateurs mécaniques d'électricité seront longtemps encore, d'après toutes les probabilités, appelés à nous fournir l'électricité, comme les moteurs à vapeur, à gaz, ou hydrauliques nous fournissent la force nécessaire à nos diverses industries.

Les lampes si nombreuses dont j'ai parlé et d'autres non moins remarquables comme la lampe Swan (1) à incandescence et la lampe Soleil qui utilise à la fois l'incandescence et l'arc voltaïque donnent toutes une lumière plus ou moins parfaite comme fixité, coloration, etc., mais cette lumière n'est pas assez économique.

Il faut convenir que depuis quelques mois, les données du problème sont devenues plus nombreuses et plus précises et nous avons le droit d'espérer sa solution prochaine.

Je dois dire quelques mots, avant de finir, d'une expérience remarquable et absolument décisive qui a été faite pendant le mois de juillet à Paris au théâtre des Variétés, au moyen de lampes par incandescence et des accumulateurs Faure.

Et d'abord, qu'est-ce qu'un accumulateur ? Quelques explications sont nécessaires.

Prenons un élément d'une pile quelconque, soit un élément de la pile excessivement simple dont il a été question au commencement de cette étude et qui se compose d'une plaque de zinc et de cuivre plongées dans de l'eau acidulée par l'acide sulfurique. Nous savons que dès que le circuit est établi, une action chimique naît immédiatement. Le zinc est attaqué, l'acide sulfurique décomposé et l'on obtient enfin divers produits chimiques formés par la réaction réciproque du métal et de l'acide. Supposons l'action chimique suspendue. A partir de ce moment les composés déjà obtenus se combineront de nouveau et c'est

(1) La lampe qui doit éclairer le pont de Forbeigt, la rue Adoue et la rue Labarraque, est la lampe différentielle de Siemens à arc voltaïque.

pendant cette combinaison lente que se produira un nouveau courant ou *courant secondaire*.

C'est sur ce principe, sur cette importante découverte, fruit de longues études et de patientes recherches, que M. Gaston Planté a basé la construction de sa *pile secondaire* rendue pratique par M. Faure sous le nom *d'accumulateur*.

Chaque accumulateur est constitué par deux lames de plomb recouvertes d'une couche de minium retenue sur le plomb par une lame de feutre fixée elle-même par des rivets en plomb qui réunissent les deux feuilles (les couples secondaires de M. Gaston Planté, atteignant jusqu'à un mètre de surface et séparées par des bandes de gutta-percha, ne sont pas recouvertes de minium). Dans cet état, elles sont placées dans un vase contenant de l'eau acidulée par l'acide sulfurique et mises en rapport avec une pile en activité de deux ou trois éléments de Grove ou de Bunsen ou avec une machine dynamo quelconque.

Sous l'influence du courant électrique, le minium (oxyde de plomb), devient du peroxyde de plomb qui se rend à la plaque positive du couple pendant que d'un autre côté une quantité correspondante de plomb est réduit et se rend à la lame négative. On suspend le courant au bout d'un certain temps et alors le couple est *chargé* ou *formé*. Pour utiliser la décharge il suffit de relier les deux pôles comme dans une pile ordinaire. Pendant que cette décharge se fait le plomb de la lame négative s'oxyde de nouveau, le peroxyde de plomb de la lame positive se réduit, ou, en deux mots, le minium se reproduit et le couple finit par devenir inerte et apte à recevoir une nouvelle charge.

On comprend qu'au moyen de plusieurs accumulateurs (comparables individuellement à une bouteille de Leyde et collectivement à une batterie électrique) on puisse emmagasiner et transporter à distance une grande quantité d'électricité pour être utilisée suivant les besoins.

Ces *piles secondaires accumulatrices* ont permis d'éclairer la salle, la scène, le foyer et l'entrée du théâtre des Variétés au moyen de 180 lampes à incandescence constituant le lustre, de 58 lampes sur la scène et de plusieurs autres placées au foyer et au vestibule.

C'est la solution du problème de *l'électricité à domicile*.

Je pourrais (et j'avais l'intention de le faire), communiquer à nos lecteurs oloronais diverses propositions relatives à l'éclairage d'Oloron par l'électricité, qui toutes paraissent pratiques. Je me suis décidé à attendre quelque temps encore dans l'espoir que *sous peu* nous pourrons avoir mieux et à *meilleur marché*.

Notre éclairage actuel dont l'insuffisance se fera surtout sentir le jour, peut-être, hélas! bien éloigné, où la ligne ferrée d'Oloron à Pau sera exploitée, nous coûte environ 8,000 fr., l'éclairage au gaz, d'après le traité Eichelbrenner, devait imposer, si je ne me trompe, à la commune une dépense annuelle de 10,000 fr., avec environ 30 becs de plus que ceux que nous possédons.

L'usine, les épurateurs, la canalisation, etc., étaient à la charge de l'entrepreneur et faisaient retour à la ville après un certain nombre d'années. Cette belle affaire n'a pas abouti et je ne le regrette pas.

Je déclare en effet, que, sans méconnaître les immenses services rendus par le gaz de houille comme éclairage, comme combustible, comme cause de mouvement (moteurs Lenoir, Bischop, etc.) je ne l'aime pas, parce qu'il est asphyxiant, parce que les vapeurs sulfureuses et autres que sa combustion produit, n'épargnent ni les peintures, ni les meubles, ni les œuvres d'art ; parce que les explosions et les incendies menacent sans cesse les édifices où on le trouve, sans compter que, même en plein air, on n'est pas hors de danger, témoin la catastrophe récente de la rue François Miron. (1)

Je finis en émettant le vœu que, dans le cas probable où des entrepreneurs d'éclairage électrique désireraient expérimenter leur système à Oloron, la municipalité pût mettre à leur disposition un moteur hydraulique, que messieurs les industriels, si nombreux et si intelligents s'empresseraient sans doute de lui accorder le soir et pour quelques heures, les machines dynamo-électriques pouvant être placées partout et n'exigeant pour être mises en action qu'une simple courroie de transmission.

(1) Il y a quelques jours à peine, nouvel accident au théâtre de l'Ambigu.